Andreas Krauße

Die gestohlene Zeit

AF217288

Ⓜ tredition

Andreas Krauße

Die gestohlene Zeit

Kurzgeschichte

 tredition

Andreas Krauße, Jahrgang 1968, wuchs in einem Märchenland auf, das heute verschwunden ist. Seine feste Burg war umringt von sieben blauen Seen und nicht wenig flachem Land. Schon als Junge flog er hoch hinauf zu den Wolken. Er wollte sehen, was dahinter ist. Später studierte er zwischen hellen Bergen über den Ursprung der Energie. Dort, wo ein König einst sein Gewicht in Gold aufwog. Er wollte wissen, wie alles funktioniert. Zu jeder Zeit aber träumte er! Denn verwoben mit der Fantasie, glitzert die Welt so festlich, wie sie immer sein wollte! Heute lebt Andreas im Norden; er schreibt Geschichten, Novellen und Romane. Es sind seine Träume, in Worte gefasst. Lies sie – genau dafür hat er sie aufgeschrieben!

Impressum
© 2023 Andreas Krauße

2. Auflage

ISBN Softcover: 978-3-384-00618-9
ISBN E-Book: 978-3-384-00619-6

Druck und Vertrieb: tredition GmbH, An der Strusbek 10, 22926 Ahrensburg, Germany

»Unsere Traumwelt ist geschlagen. Ihre Farben beugen sich vor grauer Wirklichkeit. Wie retten wir sie ohne Hilfe?«,
Atahualpa, der letzte König der Inka, 1532

Der ganze Wald brannte. Hoch wie ein lebendes Haus und undurchdringlich wie das Dickicht alles verschlingenden Nebels erhoben sich die sengenden Flammen in ihm. Der Wind war ihnen ein treuer Begleiter. Schöpfte er Atem, kosteten ihre glühenden Spitzen lauernd an den Kronen der alten Bäume, die über sie hinaus ragten. Blies er seinen Odem aus, drängten die Flammen lodernd vorwärts. Und fraßen alles gierig auf ihrem Weg. Überall dort, wo sie vorüber waren, blieb nur schwarze qualmende Wüste übrig.

Die Flammen sahen ihn an.

Der Junge spürte ihre hungrigen Blicke. Er musste dem Feuer entkommen! Panisch drehte er sich um und lief los mit der Angst in seiner Brust, die ihm dazu riet. Er lief einfach fort. Was konnte er schon besseres tun?

Wäre er ein Adler, würde er die mächtigen Schwingen ausbreiten. Und das rasende Unglück weit unter sich zurück lassen.

Der Junge seufzte. Er war kein Adler. Nur ein Junge.

Hinter sich hörte er das näherrückende Sterben. Altes Holz zerplatzte in der Hitze. Der Saft junger Büsche verging zischend in der tödlichen Glut. War es der dichte Rauch, der ihm Tränen in die Augen trieb?

Unsägliche Hitze spürte der Junge plötzlich ganz nah über sich. Erschrocken drehte er sich um.

Etwas Schwarzes raste auf ihn zu. Fuhr tief in die schmerzende Lunge. Nahm ihm den Atem. Wie dicht der Rauch war!

Heiß griffen die zuckenden Flammen nach ihm. Ließen nicht mehr los. So sehr er sich auch wand. Sie lachten dabei.

Ganz deutlich hörte er höhnisches Gelächter. Oder war es Wutgeschrei? Verzweifelt schloss er seine Augen.

Dann fiel er.

Und fiel.

Der Junge erwachte schweißgebadet. Etwas Helles war noch bei dem Dunklen Lachen gewesen. Hatte ihn beschützt und aufgefangen, als er fiel. Es hatte dafür einen Schwur gefordert von ihm. In dem Augenblick, als es ihn auffing.

Niemals dürfe das Dunkel, das in ihn gefahren sei, wieder nach Außen dringen. Er solle es in sich verschließen. Nie darüber reden. So lange er dies befolge, sei die Welt in Sicherheit.

Der Junge hatte die Furcht des Dunkel vor seinem Schwur gespürt. Hatte gefühlt, wie es rumorte in ihm. Und drohte.

Also tat das Hell Recht in dem, was es von ihm forderte. Und es erübrigte sich, jetzt zu fragen, welches Dunkel in ihm sei. Nie würde er es preisgeben, hatte er geschworen.

Solange das Hell ihm dabei helfen würde.

Die Bettdecke klebte am Körper des Jungen. Eng umschlungen hielt sie ihn fest. Als wolle sie den Alptraum noch etwas auskosten. Einen Augenblick lang brauchte er, bevor er die Augen öffnete. Dann warf er die Decke von sich und genoss die Kälte.

Sein Zimmer lag im Dunkel. Nur der Mond lugte zwischen den Wolkenfetzen hindurch in das Fenster herein. Kalte helle Streifen warf er in das Zimmer.

Das Bildnis des letzten Inkakönigs an der Wand kämpfte gegen die Kälte des Lichts an. Verloren wirkte es im Mondlicht. Hilflos. Wie der König darauf, der vor langer Zeit gestorben war. Er hatte für das Licht gestritten. Und alles verloren im Dunkel.

Jedes Mal, wenn der Junge den König betrachtete, glaubte er, dessen Blick auf sich zu spüren. Voll Hoffnung. Dass sich alles zum Guten wenden würde. Vielleicht hatte er das Bild deshalb aufbewahrt.

Ganz langsam rückte das Bildnis wieder in den sicheren Schatten hinein. Und kein Laut drang in das Zimmer.

Das Einzige, was der Junge hörte, war sein Keuchen. Noch vom Traum. Er wischte sich den Schweiß von der Stirn. Wusste, warum er ihn geträumt hatte.

Was war damals wirklich geschehen? Als der Wald brannte. Und Vater verschwand.

Vor dem Brand hatte es eine Zeit gegeben, in der er glücklich war.

Er dachte an die alte Bank am Kamin. Auf der er, eingekuschelt in weiche Kissen, so gern Vaters Geschichten gelauscht hatte. Mutter hatte ihm oft Kekse in die kleinen Hände gelegt. Sich zu ihm gesetzt. Ihm die Stirn geküsst.

Kaum gespürt hatte er die Liebkosung damals. So gebannt war er von Vaters Worten gewesen. Und doch erinnerte er sich heute daran.

Nur manchmal hatte er Mutters blitzendes Lächeln bemerkt. Wenn er gedankenverloren zu ihr sah. Sie musste gespürt haben, dass er gerade in einer ganz anderen Welt unterwegs war. Deshalb wohl ließ sie ihn gewähren. Sie hatten ja Zeit. Viel Zeit. Dachten sie.

Für einen Augenblick lang spürte der Junge einen Hauch dieser glücklichen Zeit in sein Zimmer wehen. Er lächelte.

Doch es kam noch etwas nach diesem Glück. Und es machte alles zunichte, was er liebte.

In dieser Zeit nach dem Glück war Vater still. Seine Augen stumpf. Und der Körper ganz dünn.

Auch Mutter lächelte nicht mehr. Oft hatte der Junge gesehen, wie sie verstohlen ihre Augen trocknete.

Das war die gestohlene Zeit.

Und diese beiden Bilder waren sein ganzes bisheriges Leben. Sie waren voll mit Liebe. Und Verlust. Doch was nach dem Brand kam, zählte nicht dazu. Es war schlimmer.

Der Junge kramte die Zeitung hervor, die er in der kleinen Truhe versteckte. Sie war abgegriffen. So häufig hatte er in ihr nach einer Erklärung gesucht. Lange, bevor er die Buchstaben entziffern konnte im fahlen Mondlicht, wusste er die Worte auswendig, die dort standen.

Sie klagten ihn an. Sie sagten ihm, er habe das Feuer gelegt im Wald. Den verheerenden Brand.

Bestraft hatten sie ihn nicht. Es gab keine Beweise. Doch alles war anders seither.

Wie leblos hätten sie beide danach gefunden, ihn und Mutter. Auf der Straße vor dem verbrannten Wald, hatten sie erklärt.

Sie hätte verkrümmt auf dem Asphalt gelegen. Als ob unsägliche Schmerzen an ihr gezerrt hätten. Und, er daneben. Eine angesengte Adlerfeder in der Hand.

Von Vater fehlte ab da jede Spur. Er war einfach fort.

Mutter hatte einmal gesagt, Vater habe sie entdeckt. Dass er auf einer Reise war.

War er einfach weiter gezogen?

Der Junge legte die Zeitung behutsam in ihr Versteck zurück. Langsam legte er zum Schluss die Adlerfeder darauf, die auch in der Kiste lag.

Ihre Zeichnung war das ungewöhnlich lebendige Spiel zwischen Dunkel und Hell. Eines wurde umschlungen vom anderen. Jedes war im anderen. Noch heute spürte er die weite Welt, über der die Feder einst gereist war.

Dem Jungen war, als ob der fremde König die Feder ebenfalls ansah. Von seinem Bild aus.

Vater hätte gewusst, was dieser Blick bedeutete. Und die Geschichte gekannt, die sich darin spiegelte. Der Junge stellte die kleine Truhe auf den Tisch.

Es störte die anderen in der Stadt überhaupt nicht, dass Vater fehlte. Sie waren froh darüber. Denn Vater hatte sich schon lange davor zurückgezogen. In seine ganz eigene Welt. War verstrickt in ihr.

Keiner von denen verstand ihn, wer er wirklich war. Niemand wusste es! Und nun war er verschwunden. Alles war gut so für sie.

Der Junge warf sich schluchzend auf das Bett. Verstand denn niemand, dass Vater ihm so sehr fehlte?!

Als ob es gestern gewesen wäre, sah der Junge sich und Mutter noch einmal aus dem Krankenhaus treten. Er war froh damals, als sie dieses Haus endlich verließen. Der sterile Geruch dort hatte ihn geängstigt. Und die dunklen Flure. Die Kälte, mit der die anderen sie behandelten. Sie hatte ihn abgestoßen.

Doch eines war viel schlimmer als alles das.

Vater hatte nach diesem Haus gerochen, als er seine Haare verlor. Immer stärker roch er nach diesem Haus. Je schlechter es ihm ging.

Das Haus war böse. Nie wieder würde der Junge dort hinein gehen.

Mutter war mit ihm zu dem kleinen Holzhaus am Ortsrand gegangen, in dem sie wohnten. Schweigend.

Lange hatten sie davorgestanden. Es angestarrt. Der Junge war bei ihr stehen geblieben. Hatte ihre Hand gehalten. Und er hatte den Ruck gespürt, als die Seele seiner Mutter neben ihm zerbrach.

Der Junge sah aus dem Fenster. Im Mondlicht glitzerte eine leere Flasche im Gras. Angewidert schüttelte er sich.

Mutter war still geworden. Wie Vater vorher. Sie betäubte ihren Kummer mit Schnaps. Mit immer mehr davon. Selten kam sie noch vor das Haus. Meist war sie nicht imstande, es zu verlassen.

Doch an jedem einzelnen Tag spürte er ihn. Ihren betrunkenen Hass auf ihn.

Was konnte er dafür, dass er die Welt durch die gleichen blauen Augen sah wie der verschwundene Vater?!

Der hatte sie hier in der Seelenwüste zurückgelassen. War seinen eigenen Träumen gefolgt.

Es half ihm nicht, wenn sie ihn anschrie, sein Vater sei für sie gestorben. Es schmerzte nur. Jeden Tag.

Wenn ihr der Schnaps ausging, schleppte Mutter sich zum Laden des Indianers. Er war der Einzige, der ihr etwas verkaufte. Alle anderen schickten sie fort. Dort in dem stickigen Laden gab sie ihre einzige Habe gegen Fusel hin.

Vaters Geschichten.

Selten blickte sie den Indianer an. Nie sagte sie ein verständliches Wort zu ihm. Und der nahm ihr Vaters Träume aus den Händen. Ohne zu fragen. Einfach so.

Nur das Mädchen mit den glänzenden braunen Augen und den langen schwarzen Haaren, die Tochter des Indianers, war anders.

Wenn die anderen Mutter hänselten, vor dem Laden, sah sie mit zusammengepressten Lippen zu Boden. Ihre Augen glänzten dann nicht mehr.

Der Junge spürte die Traurigkeit des Mädchens in solchen Momenten. Er, fühlte, dass ihre Seele helfen wollte. Und wenn es nur ein Wort wäre. Doch ihre Lippen wagten es nicht.

Deshalb wollte auch er ihr nicht beistehen. Und ließ sie stehen. Im Regen ihres Schmerzes.

Sie war wie er. Das spürte er. Doch niemand sollte wissen, wie er wirklich war! Auch sie nicht!

Er hielt sich an seinen Schwur, der in ihm wohnte seit dem Brand. Sagte nie mehr etwas.

So lange verschloss er die Worte tief in sich, bis ihm selbst die Vorstellung fremd war, er könne sprechen. Er vermisste die Worte nicht.

Die anderen um ihn herum störten sich nicht daran, dass er stumm blieb. Und obwohl die Ärzte keinen Grund fanden, war es ihnen egal. Ihm war es recht. So brauchte er nichts mehr zu erklären.

Der Junge stand auf. Leise öffnete er die Zimmertür und lauschte in die Wohnstube hinab.

Deutlich hörte er den schweren Atem der Mutter. Fühlte in ihr den gleichen Kampf toben wie in sich selbst. Angeekelt schüttelte er sich, als er den Schnapsgeruch einatmete. Überall hing der im Flur.

Er ging zurück in das Zimmer. Öffnete das Fenster. Sollte das hier wirklich für immer sein?!

Das Feuer hatte ihm sein Glück gestohlen. So klar war ihm das nie gewesen! Der Junge straffte sich.

Wenn das Leben das Dunkel in ihm vorschickte, um das Glück fernzuhalten, musste er das Hell in sich eben selbst erwecken. Er musste um sein Leben kämpfen! Träumen! Alles konnte er sich wünschen in seinen Träumen. Auch mit der Sehnsucht reisen. Hin zum Glück des Lebens!

Dort würde er dann Vater treffen. So wie früher, als dessen Augen noch glänzten. Und er Geschichten erfinden konnte, die alle in ihren Bann zogen.

Mutter würde endlich wieder lachen. Tanzen. Sich an ihn schmiegen.

Und das Haus würde duften. Nach frisch gebackenem! Sie hätten so viel Zeit, wie sie wollten! Nur wagen musste er es.

So würde er herausfinden, was geschehen war!

Vielleicht konnte er sogar ein Geschichtenerzähler werden. Wie einst sein Vater. An dessen Lippen die Menschen hingen!

Der Junge legte beide Hände auf den Bauch. Was die bewirken konnten darauf, hatte Vater ihm gezeigt. Er hatte ihm auch von den Männern erzählt, die in einem fernen Land damit heilten. Ob es ihm gelingen würde, sein eigenes Leben zu heilen?

Schnell durchdrang ihn die stärkende Wärme der Hände.

Woher er diese Fähigkeit besaß, wusste er nicht. Es war ihm auch gleich. Hauptsache, sie half, alles zu ertragen, was erforderlich war. Und beflügelte ihn, alles das zu sehen, was er sich wünschte.

Vaters helle Geschichten schwangen in ihm. Trieben ihn voran. Oder bremsten ihn. Ganz, wie es ihnen gefiel. Immer, wenn Vater sie zu Ende erzählt hatte, hatten sie ihm leise zugeraunt. Dass der Schluss noch fehle. Dass er selbst darin fehle.

Wenn es Abend wurde, träumte er sich deshalb in die am Tag gehörten Welten hinein. Heimlich. Und immer wieder. Er erlebte im Traum Freude und Schmerz dieser Welten so wirklich, dass ihm wild das Herz klopfte. Vor Glück. Oder das Leid beugte ihn auch am nächsten Tag, lange nach seinem Traum.

Seine Träume verbanden ihn mit beiden Welten. Der von Einst. Und der Jetzigen.

War er der Einzige, der die äußere und die erträumte Welt noch zusammen hielt? Tief atmete er die kalte Nachtluft ein. Vielleicht war das seine Aufgabe.

Die eine Welt durchdrang auf alle Fälle die andere.

Vater hatte gemeint, das sei es, was die Menschen wieder erkennen müssten.

Der Junge spürte, dass sein Atem kräftiger wurde. Hörte, wie sein Herz voller Leben schlug.

Endlich! Er spürte die Furcht des Dunkel in ihm. Fühlte, wie es sich verkroch. Vor dem unerwarteten Leben.

Ihm war, als ob Vater ihm zunickte. Mit glänzenden Augen. Als ob Mutter wieder lächelte.

Feierlich hob der Junge die Schwurhand.

Er wollte von nun an träumen! Wann immer er konnte! Und der stumme Mond war der Zeuge für diesen Schwur. Stumm wie er selbst.

Ganz deutlich spürte der Junge die Hoffnung der Traumwelt nach ihm. Fühlte er den Drang, sich ihr hinzugeben.

Gleich jetzt wollte er die erste Reise in die Welt der Lebensträume unternehmen.

Allmählich schärfte er den Blick für das Dunkel der Nacht. Stück für Stück durchdrang er die schwarze Silhouette unter dem Horizont. Und tauchte ein.

In die Schatten des Waldes. Bis das Knistern der Flammen zu ihm drang.

Reglos lehnte der Mann an dem Stein gleich neben dem Lagerfeuer. Ohne Kraft waren seine Arme an die Erde gefesselt. War der matten Hand die Adlerfeder entfallen, deren Kiel voll Tinte so geheimnisvoll dunkel schimmerte. Weich bettete das Moos Hand und Feder. Ließ beide in Ruhe. Lang gestreckt lagen die Beine am Boden, die Füße nahe beim knackenden Feuer.

Schlaff und gekrümmt vom ewigen Schmerz, beugten sich die knochigen Schultern des Mannes dem Boden entgegen. Lag sein Kinn mit der farblosen Haut auf der eingefallenen Brust. Mühsam hob und senkte sie sich.

Das einzig wirklich Bewegliche an ihm waren die Augen. Hilflos und voll Angst. So folgten sie den Flammenspitzen.

Vater!

Die züngelnden Flammen spielten mit einem Pergament. Ganz nach ihrem Wunsch tanzte es mal aufwärts, mal abwärts über ihnen. So, wie es ihnen gefiel. Immer kurz davor, die Beute der Hitze zu werden.

Das Pergament war mit Tinte beschrieben. Dunkel. Schimmernd. Zeile auf Zeile. Für ewig.

Fest und bedacht aufgeschrieben zu Beginn. Schnell und hastig notiert zum Schluss. Doch vollständig bis zum letzten Punkt. Und vom Dunkel gesättigt.

Das Pergament nutzte den leichten Wind, der gegen das Feuer fuhr und die Flammen speiste. Es entkam auf ihm der wachsenden Glut unter sich. Stieg weiter empor, als die Flammen reichten. Vergeblich griffen die jetzt nach ihm.

Schließlich war es ihnen doch entkommen!

Willig wirbelte es immer höher umher. Mit dem Wind, der es hinaus aus dieser Hitze führte, in der es fast umgekommen war.

Ganz vom Wind getragen, und mit Leben gefüllt von ihm. Steckte es ihn an mit seinen Zeilen. Lösten sich die Zeichen vom Papier. Und wurden formloser dunkler Rauch.

Aus diesem Rauch heraus drängte sich ein schwarzer Schatten. Eine Dunkle Geschichte!

Bedrohlich wirkte er. Wie er über dem Feuer herumwirbelte! Als freue er sich, dem Gefängnis aus Pergament entkommen zu sein.

Die Farben des Waldes verloren plötzlich ihren Glanz. Mehr, als das Dunkel dichter wurde. Sich formte.

Ängstlich verstummten die Tiere im Wald. Verkrochen sich. Als ahnten sie Unheil.

Langsam stieg sie hinab, die Dunkle Geschichte.

Ganz dicht verhielt sie vor dem Mann, dessen Augen nichts von all dem, was das Dunkel ausmachte, mehr sehen wollten. Doch er konnte sie nicht schließen. Die Dunkle Geschichte hatte Macht!

Mit stechendem Blick sah sie in die starren Augen des Mannes. Bis diese ganz ihre Schwärze angenommen hatten. Selbst der nahe Tod hatte Furcht vor einer Dunklen Geschichte, wie sie eine war!

Die Dunkle Geschichte grinste zufrieden.

So lange schon hatte sie in dem Mann ihre schwarzen Fäden gewoben! Endlich, nach so vielen Jahren, zerfressen von ihr, hatte er sie als Letztes aus sich in die Welt hinaus gelassen. Er, der geschwächte Geschichtenerzähler. Von ihr zum Schweigen verurteilt. Sie, die Dunkle Geschichte.

Indem er sie heimlich niederschrieb, hatte er sie befreit. Er, der vor ihr so gern seine hellen Geschichten weitergegeben hatte.

Doch er wollte sie verbrennen! Bevor sie sich der Welt bemächtigen konnte! Extra dafür war er hier in den Wald gekommen. Hatte das Feuer entzündet. Er wollte sie vernichten! Das durfte sie nicht geschehen lassen!

Sie wusste schon damals, als sie zu ihm kam und feststellte, dass sie nicht mehr loskam von ihm, dass es einst so enden müsse. Schon da wählte sie für ihn. Statt dem Leben gab sie ihm den Tod.

Reichlich Gelegenheit gab sie ihm, sich zu besinnen. Er hätte doch nur weitergeben müssen, was er versteckte!

Doch er tat es nicht.

Also spann sie weiter ihre schwarzen Fäden. Wob das tödliche Netz in ihm. Bis er nicht mehr anders konnte, als sie frei zu geben.

Die Ärzte der Menschen schöpften keinen Verdacht. Sie nannten es Geschwür. Und ahnten den Plan dahinter nicht. Ihren Plan!

Nun war sie frei! Stand es ihr frei, alles zu bedrohen auf der Welt. Mit ihrem Dunkel.

Sie sah den Mann an. Die züngelnden Flammen. Beide konnten ihr nichts mehr anhaben. Ihr Gefängnis war tot. Sie war frei!

Der Mann stöhnte.

Es hatte lange gedauert bis hierher. Zu lange. Helle Träume hatten ihm all die Jahre beigestanden. Lichte Bilder. Ihn dazu ermuntert, sie zu leugnen.

Diese Träume wollte sie zerschmettern. Sie so lange würgen, bis sie vor Angst starben. Sie und ihre dunklen Ängste sollten als Einziges zurückbleiben in den Seelen der Menschen!

Doch sie musste vorsichtig vorgehen. Dieser Mann hier neben dem Feuer! Er war ein einfacher Mensch. Und doch hatte er sie verbannt von dieser Welt. Für eine viel zu lange Zeit.

Sie hatte ihn erzählen hören, damals in dem Gasthaus. Draußen stürmte es. Und die Menschen hatten sich gemütlich eingerichtet. Um den Kamin. Nach dem Essen. Sie scherten sich nicht um das wirklich Dunkle vor den Fenstern. Wie sie an seinen Lippen hingen!

Ekelhaft helle Welten hatte er sich ausgedacht für sie. Sie hörte es von außen. Und trotzdem. Fasziniert hatte sie das Papier in seinen Händen gesehen.

Er schrieb seine Geschichtchen auf! Das war die Gelegenheit!

Denn sie lebte vom Plappergeist der Menschen. War dadurch bis hierher gekommen in der Welt.

An jenem Winterabend hatte sie ihn auserkoren. Er sollte sie zu krönen! Er musste sie bloß aufschreiben. Dann wäre sie unsterblich!

Sie sorgte dafür, dass er allein blieb mit ihr. In jener Nacht. Er war der Letzte, der sie anhörte.

Aber er behielt sie für sich! All die Jahre hielt er sie in sich versteckt! Gab sie nicht frei!

Bis jetzt.

Sie dachte, sie hätte ihn endlich so weit. Dass er kraftlos nachgibt. Selbst jetzt aber wollte er sie für sich behalten! Fast hätte er geschafft, sie aus sich zu zerren und trotzdem zu bannen!

Er hatte sie aufgeschrieben, ja! Und sie glaubte sich am Ziel.

Doch das Pergament hielt sie fest wie Honig. Gefesselt war sie daran. Konnte nicht vor, nicht zurück!

Und seine hellen Träume standen ihm bei. Die, die sie all die Jahre in Schach gehalten hatten. Das begriff sie, als es fast zu spät war. Er wollte sie tatsächlich verbrennen!

Blutig würde sie sich dafür rächen. Gleiches mit Gleichem vergelten.

Ein letztes Mal sah die Dunkle Geschichte auf den sterbenden Mann hinab. Dann schüttelte sie sich und fegte durch das Feuer.

Knisternd fuhr das glühende Holz unter der Asche hervor. Zerstreute sich auf dem trockenen Waldboden.

Sofort fing die Hose des Mannes an zu qualmen. Doch er blieb reglos liegen. Als ob nichts sei. Als spüre er nichts mehr. Er sah einfach in den Himmel hinauf.

›**Vater!**‹, der Junge sprang auf, formte stumm die Laute mit den Lippen, ›Steh auf, steh auf!‹

Vor Schreck wusste er nicht, was er tun sollte.

Die Dunkle Geschichte hatte Vater also befallen. All die Jahre! Sie hatte ihn getötet. Das Feuer entfacht.

War Vater wirklich verbrannt?

Der Junge spürte plötzlich nichts mehr. Er sah nur noch einmal das Dunkel, dass Vater in die Augen gestarrt hatte. Das dem in sich selbst so ähnlich war. Er hatte nur noch Angst und schluchzte.

Ganz langsam nahm er wahr, dass Mutter ihre Arme um ihn schlang. Er hatte nicht einmal bemerkt, wie sie in sein Zimmer getreten war.

Mit verquollenen Augen wollte sie ihn trösten. Und schluchzte doch selbst.

Er schmiegte sich an sie. Trotz des widerlichen Schnapsgeruchs, der aus ihrem Körper strömte. Ganz tief vergrub er sein Gesicht in diesen Körper, den er doch so sehr liebte.

›Ich habe Vater gesehen!‹, sagte sein Blick zu ihr.

Als er den Blick hob. Zu ihren Augen. Die früher gelacht hatten. Tränen kullerten herab.

›Wie er gestorben ist!‹, hauchte er stumm.

»Ich weiß!«, Mutter wischte seine Tränen fort. »Ich sehe ihn auch. Jeden Tag!«

Er merkte nicht einmal, wie er sich sicherer fühlte. Er lehnte sich nur an diesen Körper.

Dessen Hände ihn sanft streichelten. Dessen Lippen ihm Worte zuraunten. Worte, die er nicht verband.

Er entspannte sich einfach. Doch er fühlte, wie nah Mutter ihm trotz allem war.

Denn ganz plötzlich spürte er die Magie einer Geschichte.

Der Adler und das Feuer.

Es war eine von Vaters Geschichten! Mutter erzählte sie. Mit rauer Stimme. Holprig. Und zögernd. Mit ungelenken Worten, zwischendurch. Dennoch. Sie klangen festlich. Mutter half!

Der Adler stieg als erster auf aus seinem Horst. Er warnte die Tiere rings mit schrillem Schrei vor dem nahen Tod.

»Der Wald brennt!«

Tief unter sich sah der Adler den aufragenden Felsen im Rauch verschwinden, der ihm sicheres Zuhause gewesen war bis jetzt.

Ganz so wie vor langer Zeit hatte er auch hier den einsamsten Platz gewählt. Unerreichbar für einen Menschen. Sicher vor Überraschung.

Doch der Rauch, der heute aufstieg, hüllte selbst den hohen Felsen ein. Sein Unterschlupf war nicht mehr sicher. Es war vorbei. Wieder.

Der Junge lächelte trotzdem. Auf der neuen Reise durch die Träume spürte er die Liebe der Mutter. Sie hatte sich nur versteckt vor ihm. Die ganze Zeit.

Mit ihr fühlte der Junge sich sicher genug, der Spur der Dunklen Geschichte zu folgen.

Hoch über den auflodernden Wipfeln der uralten Bäume zog er deshalb seine Kreise durch die verrauchte Luft. Er, der Adler.

Zornig rief er nach der Mörderin. Sein Schrei forderte sie schrill und gellend. Bis hinab in die vergehenden Schatten des sterbenden Waldes. Wäre er ein Mensch, würde er seine Faust ballen. Doch er war ein Adler. Also schrie er.

Er war ein Adler dieser Welt. Hatte viele vorher gesehen. Seine mächtigen Schwingen trugen ihn sicher über den hohen Flammen. Die die Pflanzen verheerten. Und die Tiere am Boden.

Nicht aber ihn. Seinen scharfen Augen entging nichts. Angst herrschte im Wald. Das war gut! Viel Leben entkam dank ihr den Flammen.

Da!

Er hörte ihr kaltes Lachen. Sah sie aufsteigen. Von einem Mann, der dort unten hilflos lag. Die Dunkle Geschichte. Seine alte Feindin!

Die Augen des Mannes am Boden wandelten sich, als die Dunkle Geschichte ihm endlich den Rücken kehrte. Sie glänzten wieder tiefblau. Was für ein herrliches Blau!

Der Adler kannte dieses Glänzen in den Augen. Es war das Wissen, das Richtige getan zu haben. Bis zuletzt.

Es enthielt eine Bitte. Eine stumme letzte Herzenssache vor dem nahen Tod. Die Menschen ließen erst los, wenn sie ihre große Reise beendeten. In diesem einen Moment blickten sie zurück. Ordneten ihr Leben. Und entsandten ihre Seele, wenn sie es vermochten. Auf eine neue Reise.

Kein Lebewesen durfte diese letzte Bitte abschlagen. Seelen waren zart. Verwundbar. Sie mussten beschützt werden. Von denen, die es vermochten. Der Adler flog deshalb hinab.

Er landete neben dem Mann. Und ihre Blicke trafen sich.

Der Adler sah die alte Feder, die der Mann zum Schreiben genutzt hatte. Er kannte sie. Die Glut am Boden griff bereits nach ihr.

Schnell zog der Adler sie zu sich. Sicherte sie gegen die gierigen Feuer.

»Beschütze die Welt vor dem Dunkel!«, der Mann hauchte sein Flehen heraus aus dem gemarterten Körper.

Mit jedem Wort traute sich etwas mehr Helligkeit in den erwachenden Tag. Zögernd erstrahlten die Farben des Waldes noch ein letztes Mal.

Der Adler reckte sich. Nichts von dieser bunten Helligkeit durfte verlorengehen. Alles Hell nahm er in sich auf. Schnappte nach jedem Fetzen von ihr. Und schlang sie hinab, wie die Bissen seiner Mahle. Es machte ihn stark.

»Ach, die Menschen!«, die Dunkle Geschichte war so unversehens neben ihm, dass er zusammenfuhr. »Nichts sonst soll bleiben von ihrer inneren Welt! Außer meinem einen dunklen Traum!«

Sie grinste abschätzig, als sie sich erhob.

»Alles andere darin kann verbrennen. Wie dieser Wald!«, rief sie, schon von oben herab.

Der Adler fühlte sich bedrückt.

Woher stammte dieser unbändige Hass auf das Glück dieser Welt? Selbst er hatte diese Frage bisher nicht gelöst.

Jetzt musste er hier fort, wollte er nicht verbrennen. Und er musste die Dunkle Geschichte plappern hören. Vielleicht konnte er so ihr Geheimnis erfahren.

»Oh, sie haben eine Spur gelegt!«, sie lachte wieder kalt, als er sich zu ihr gesellt hatte, die Feder in einer Kralle. »Eine Spur bis zu ihnen. Damit ich sie finde!«

Unter ihnen zog sich die Straße am Wald entlang.

»Dort werde ich jemanden finden. Irgendjemand, der mir von Nutzen ist!«, sie schüttelte sich vor Freude. »Aufnehmen, Kopieren, Lesen! Es geht alles so schnell heute! Bald werde ich millionenfach durch die Welt fliegen! Niemand kann mich je wieder fangen! Dann beherrsche ich auch die Äußere Welt der Menschen!«

Der Adler flog noch immer schweigend neben der Dunklen Geschichte her. Ihre Worte lähmten ihn.

Was konnte er gegen solche Macht tun? Noch immer wusste er kein Mittel, sie zu bändigen.

Voller Hoffnung auf ein Ende der Qual folgte er schon so lange ihrer Spur! Er hatte ihre Übel gelindert, wo er es vermochte. Hatte über die Schwachen gewacht, wenn die Macht seiner Schwingen ausreichte. Doch ihr Ende war nicht in Sicht. Sie schien mächtiger als je zuvor.

Mächtige Flammen umfassten die Lichtung unter ihm. Von dort war die Dunkle Geschichte gekommen. Von dort war sie aufgestiegen. Der Adler schüttelte sich. Seine ganze Welt musste wohl sterben, um ihren Willen zu erfüllen!

Trotzig fiel er herab, als ob er jage. Ein letztes Mal fing er sich dicht über dem vertrauten Boden ab. Als ob er Sieger sei. Es war sein Abschiedsgruß an den Mann, der dort starb.

Schrill warf er seinen Schrei durch den Wald bis hinauf in den Himmel. Dann raste er ihm nach. Er musste sich eine neue Welt suchen, über der er leben konnte. Wieder!

Am Waldrand sah er eine Frau. Sie schlug die Hände vor das Gesicht. Und ein Junge lief vor den Flammen hin und her. Viel zu dicht! Seine Augen glänzten tiefblau. Wie die des Mannes. Schrill rief der Adler seine Warnung herab.

Doch nicht der Junge mit den blauen Augen achtete auf seinen Ruf. Der suchte weiter einen Weg durch die Flammen.

Aber die Dunkle Geschichte sah aufmerksam herab!

»Er wird mir gehören für alle Zeit!«, sie stieß schon herab auf das Opfer. »Mir zu Willen wird er sein! Als Gegenleistung! Für all die verschwendeten Jahre im Körper seines Vaters!«

Sie hatte die blauen Augen erkannt.

Der Adler verzog das Gesicht. Dank ihm hatte die Dunkle Geschichte den Jungen entdeckt!

Panik streifte ihn. Sie musste nur bis zu dem Jungen gelangen, in dessen Seele peitschen und sich festbeißen in ihm. Dann war er verloren. Für alle anderen Träume!

Der Adler begriff plötzlich, was er tun konnte. Endlich verstand er die letzte Bitte des Mannes

›Die Welt vor dem Dunkel schützen!‹, sein Herz trommelte den Takt, zu dem die Schwingen die Luft peitschten.

Rasend schnell fuhren sie hinab. Der Adler hatte Mühe, der Gier der Dunklen Geschichte zu folgen. Alle seine Kräfte musste er bieten, um sie einzuholen.

Der Sog des Feuers riss sie beide aus der gewollten Bahn. Doch der Adler war geübter im Umgang mit der Luft. Erfahrener als die Dunkle Geschichte.

Seine Fänge fuhren tief in ihre Flanke.

Voll Wut starrte sie auf den unerwarteten Feind. Erschrak für einen Augenblick bei seinem Anblick.

Denn das Hell drang aus dem Adler hervor. Wie ihr Dunkel vorhin aus dem Rauch. Seine Kontur löste sich auf. Es drang in ihre dunklen Poren. Bei jeder Bewegung. Umspülte sie. Schwächte sie.

Die Frau kam ihnen bedrohlich nahe, geriet in ihren Weg. Es war zu spät, um auszuweichen.

Unbarmherzig schlugen sie ein.

Der Junge krümmte sich vor Schmerz. Etwas Schweres lag auf ihm, presste den Traum heraus aus ihm, mit einem Schrei. Mutter zuckte.

»Hilf mir!«, stöhnte sie.

Ihre Augen flehten dazu, merkwürdig dunkel. Schwarz wie die des Vaters im Angesicht der Dunklen Geschichte.

»Ich kann sie nicht mehr halten. Sie entflieht wieder, die Dunkle Geschichte!«

Der Junge erhob sich.

Die Dunkle Geschichte! Wie lange versteckte sie sich schon in Mutter?

Fragend sah der Junge in ihre dunklen Augen. Sah ihre Angst.

»Sie ist in mich gefahren, als der Wald brannte!«, krächzte der Mund darunter.

Mit den zerkauten Lippen.

»Doch ich bin nicht so stark wie dein Vater!«

Ohne zu überlegen rannte der Junge die Treppe hinab. Dort unten griff er sich vom Wohnzimmertisch die halb geleerte Flasche Schnaps.

Jetzt verstand er, dass auch Mutter kämpfte! Tag für Tag. Jede Nacht.

Sie ersoff die Dunkle Geschichte in dem Schnaps. So konnte die nicht entweichen. Keinen Schaden anrichten für die anderen. Mutter zerstörte sich, damit die Geschichte endlich starb!

Gab es nichts, was er, der Junge, behalten durfte im Leben? Warum?! Was hatte er getan?! Er musste die Antwort finden, so schnell er konnte!

Mutter nickte ihm zu, als er das Zimmer wieder betrat. Mit einem Mal war sie ganz ruhig.

»Es tut mir alles so unendlich leid!«, murmelte sie nur noch, bevor sie die Flasche ansetzte und bis zur Neige austrank in gierigen Schlucken.

Dann saß sie einfach auf der Kante des Bettes und wartete.

Der Junge kniete sich vor sie. Sah sie an. Ganz fest.

Jetzt wünschte er sich, das Sprechen nie abgelegt zu haben. Doch er brachte kein Wort über seine Lippen.

Und die Worte seiner Hände konnte Mutter nicht lesen. Sie waren ihr fremd geblieben. Weil sie ständig gegen die Dunkle Geschichte kämpfte.

Seine Hände!

Wenn er mit ihnen Leben in seinen Bauch senden konnte, gelang das vielleicht auch bei Mutter! Der Junge wollte es versuchen.

Immer noch saß sie einfach da. Ihr Blick war abwesend. War sie bereits in der anderen Welt? Konnte er sie noch erreichen?

Seine Hände nahmen die ihren. Wie kalt Mutters Hände waren! Starb sie bereits, wie Vater? Bloß ein Mundwinkel von ihr hob sich zu einem durchsichtigen Schatten eines Lächelns über das ganze Leid hinweg. Bis zu ihm.

Mutter zuckte im wärmenden Strom der Energie. Und der Junge half ihr, die Seele über den Trümmern der zerbrochenen Seele zu halten. Mit allem, was er aufzubieten hatte. Bis sie schlief.

Wie gern hätte der Junge mehr erfahren.

Fürs Erste war die Dunkle Geschichte wohl wieder gefangen. Würde er Mutter trotzdem verlieren, ihretwegen? Oder starb sie in Mutter! Er musste erfahren, wie die Geschichte zu bändigen war!

Vorsichtig, um sie nicht zu wecken, deckte er Mutter mit der großen warmen Decke zu. Versteckte sie so vor dem Übel, das die Dunkle Geschichte über sie alle gebracht hatte.

Wenn Mutter erwachte, wollte er bei ihr sein. Und sie alles fragen, was er brauchte, um zu siegen.

Seine Faust ballte sich. Fast schlug sie schon auf die Dunkle Geschichte ein. So sehr wünschte er sich, sie zu besiegen. Tief atmete er ein.

Dann beschrieb er ein Blatt Papier. Und legte es neben dem Bett bereit.

Der Junge sah in den Spiegel über dem Tisch. Seine blauen Augen waren dunkel gefärbt! Erschrocken rieb er sich die Lider. Öffnete die Augen. Rieb erneut.

Das Dunkel in den Augen blieb. Die Dunkle Geschichte war auch in ihm. Auch er war Teil der Dunkelheit! Oder ging auch er an ihr zugrunde?

Sein Schwur nach dem Brand, nie das Dunkel entweichen zu lassen aus sich, schwang immer noch in ihm. Als spreche er ihn nochmals, laut.

Er spürte das Rasen der Dunklen Geschichte in sich bei dem Gedanken. Fühlte ihre Gehässigkeit gegen alles Schöne, Helle. Ein Teil von ihr war gefangen in ihm!

Stöhnend krümmte sich die Dunkle Geschichte, als sie gegen die Frau prallte und in zwei Teile zerbrach.

Sie war tief eingedrungen in die Frau. Musste sich orientieren in dem ungewohnten Dunkel. Der Mann war zuletzt durchsichtig gewesen für sie. Ließ sie teilhaben. An allem.

Als der Schmerz nachließ, spürte sie verwirrt den Verlust. Hektisch suchte sie, die Lücke zu füllen. Spürte hin und her im Dunkel. Doch der eine kleine Teil blieb verschwunden. Der Wichtige. Ordnende. Sie hatte ihr Augenlicht verloren. Hatte er die Frau durchschlagen? War er jenseits ihres Fleisches verschwunden?

»Das darf nicht sein!«, wütend über den Verlust raste sie im Körper der Frau herum.

Fügte allem rings blinden Schmerz zu.

Doch vergebens. Nichts konnte sie finden. Außer Angst. Übermächtig lauerte die schon in der geschundenen Seele. Strebte ihr nun entgegen. Klammerte sich an sie und hielt sie gefangen. Wie klebriger Honig. Zusammen mit dem wenigen Hell, dass sie scheu begleitete. Bis die Ohnmacht sie erlöste.

Die Dunkle Geschichte strebte fort von diesem öden Platz. Endlos lang schien ihr die Zeit im Krankenhaus. Obwohl sie die Angst ringsum in den Menschen genoss.

Doch die Frau lag einfach nur da. Starrte die Decke an. Kein Wort kam ihr über ihre Lippen. Die ganze lange Zeit nicht! Auch als sie sie fortschickten, änderte sich nicht viel.

Die Dunkle Geschichte wurde ungeduldig. Sie wollte weiter. Und ahnte dabei, dass sie ein Stück fühlte von *dem, was die Menschen plagte, wenn sie erst bei ihnen war.*

Und obwohl sie hörte, wie die Frau sich murmelnd vornahm, ihren Teil der Dunklen Geschichte, den blinden, ungeordneten, nicht für sich zu behalten, weil der Kummer sie zerfraß und die Sorge um ihr Kind sie langsam tötete wie vorher ihren Mann, geschah nichts. Die Dunkle Geschichte musste warten. Wieder.

Irgendwann hatte die Dunkle Geschichte den Eindruck, als habe die Frau das Vorhaben, sie freizulassen, wieder vergessen.

Anfangs ermunterte die Dunkle Geschichte deshalb die Frau sogar, Schnaps zu trinken. Sie würde einfacher entkommen, war die Frau erst berauscht. Dann würde sie alles herausplappern. Wie die Menschen es gern taten.

Doch ihr Plan kehrte sich gegen sie. Das spürte sie. Viel zu spät. Längst ertränkte die Frau sie im Alkohol. Und sie selbst hatte die Frau leichtfertig darauf gebracht!

Konnte die Dunkle Geschichte sich doch einmal auf die Zunge der Frau stehlen, zerfaserte sie. Machtlos. Auf den gelähmten Lippen. Zwischen den scharfen Schlucken zuckte sie dann hilflos umher. Und rutschte mit ihnen gemeinsam wieder hinab in das Dunkel. Musste geschlagen warten. Auf die nächste Gelegenheit.

Einzig der Hass wuchs in der Frau. Das spürte die Dunkle Geschichte. Und es freute sie.

Es war ein ohnmächtiger Hass. Trunken. Auf alles, was das Unglück verursacht hatte.

Da war das Feuer, das den Mann verschlungen hatte. Es hatte Schuld, dachte die Frau.

Auch der Mann hatte sie verraten. War schließlich einfach verschwunden. Aus ihrem Leben. Hatte alles Leben mitgenommen, das sie liebte. Und die bunten Farben daraus. Weil er unbeirrt seinem Traum gefolgt war. Das glaubte sie.

Und die Träume selbst, die sie hatte, erzeugten so viel Leid. Quälten sie. Auch wenn sie diese von sich wies. Mit aller Kraft, die sie noch hatte.

Am schlimmsten jedoch war für die Frau, den Jungen zu sehen. An jedem einzelnen Tag erinnerte er sie. An den geliebten Mann!

Bei jedem Augenschlag standen sie stets beisammen vor ihr. Der Liebste und der Junge. So sehr glichen sie sich mit ihren glänzenden Augen!

Fragend betrachteten beide das Leben. Der eine in der hellen Erinnerung. Der andere jetzt, im Dunkel. Doch bestrebt, das Helle im Leben zu finden. Und auf der Suche nach ihrer Liebe. Die sie vor ihm verstecken musste, damit er Schutz fand.

Beide waren die Liebe ihres Lebens. Beide ihr so nahe. Und doch waren sie so fern!

Ihr Leiden wuchs mit dem Hass. Schürte täglich die Angst, dass alles so weiter gehe bis zum Ende.

Die Dunkle Geschichte lächelte kalt in sich hinein, wenn die Frau so mit sich kämpfte. Doch der Widerstreit ihrer Gefühle musste dringend im Zaum gehalten werden. Hier war der Schnaps wohl hilfreich. Denn mehr als einmal dachte die Frau erleichtert an ein rasches Ende. Und das ängstigte die Dunkle Geschichte.

Die Frau glaubte, dann würde sie endlich alles ordnen können. Alles hinter sich lassen. Alles das, was sie jetzt an den Boden drückte.

Sie hoffte, das dunkle Gefühl tief in ihr, das manchmal urplötzlich emporstieg und ihr alles abverlangte, würde verfliegen. Der blinde Teil von ihr. Damit sie den Jungen nicht noch mehr strafte für ihr Leben.

Noch nie hatte der die zuckende Hand entdeckt, glaubte die Frau. Die Hand, die hinter ihrem Rücken nicht zum Schlag ausholte. Von der anderen besiegt.

Gemeinsam mit den scharfen Schlucken hielt sie alles das im Zaum. Und ein scharfes Messer würde genügen. Ein kräftiger Stoß. Aus.

Die Dunkle Geschichte fühlte sich ohnmächtig und schwach bei den Gedanken an den Tod. Die Frau war so viel stärker als ihr Mann!

Insgeheim freute sich die Dunkle Geschichte jedoch über jede Gelegenheit, die das Leben der Frau verdunkelte. Es sollte nie mehr hell werden für sie! Irgendwann wäre auch sie so schwach, dass sie nicht mehr anders konnte. Dann musste sie die Dunkle Geschichte befreien!

Doch plötzlich war da etwas anderes, Lebendiges. Es trieb sie in die Enge.

Wärme war es. Fremde, pulsierende Wärme. Sie gab der Frau Kraft, ihr zu widerstehen! Wo kam sie her?! War das etwa dieser Junge?!

Hatte er womöglich die Macht, sie zu besiegen?
Angst kroch in ihr hoch. Würgte sie. Bis sie ganz klein
war.

Endlich öffnete Mutter ihre Augen.

Erleichtert löste der Junge seine Hände von ihrem Bauch. Er strich ihr über die Wangen danach.

Spröde fühlte sich ihre Haut an!

Behutsam hauchte er in seine Handflächen. Berührte wieder die Wangen. Bis die Spröde einem scheuen Lächeln wich.

»Du warst an meiner Seite! Im Traum!«, Mutter sah ihn an und blieb einfach liegen, ihren Kopf auf seinem Schoß.

Wie klar ihre Augen immer noch waren zwischendurch!

»Nun ahnst du, was mich erdrückt!«

Der Junge nickte stumm.

Er reichte ihr das Papier, das er bereitgelegt hatte.

»Wir brauchen Vaters Geschichten?«, ihre Lippen zuckten beim Lesen.

Langsam ließ sie das Blatt sinken. Bis es auf ihrem Körper lag.

»Mit ihnen kannst du die Dunkle Geschichte besiegen?«, ungläubig sah sie ihn an. »Wie?«

Doch ihre Seele wollte es einfach glauben. Sie wollte nicht wissen, wie. Nicht jetzt. Das spürte der Junge. Und er weinte vor Glück. Gemeinsam würden sie es schaffen!

Sie bürstete seine Schuhe. Das erste Mal seit langem. Er kämmte ihr in der Küche das Haar.

»Werde ich es schaffen?«, fragte sie ihn.

Da drängte er sie bereits nach draußen. Die angesengte Adlerfeder am Hemd angesteckt.

Stumm gingen sie nebeneinander her. Hand in Hand. Der Junge und seine Mutter. Auf der Straße, die in die Stadt führte.

Der Junge sah sich staunend um. Irgendetwas war anders. Seit langem anders. Alles war anders. Seit langem. Wurde es selbst jetzt.

Es war Sommer.

Das Licht warf glitzernd die heiße Luft über dem Land hin und her. Damit alles verschwamm. Und lebte. Als ob der wolkenlose Himmel weinte. Vor Glück.

Mutter blinzelte.

»Es ist alles so hell!«, flüsterte sie herüber.

Der Junge nickte stumm. Dieses Hell brauchten sie. Je mehr, desto besser!

Dieses helle Licht steckte auch in Vaters Geschichten. Versteckte sich zwischen den Zeilen. Kleidete sich mit Worten. Und trat als Gefühl in den Tag. Es würde das Dunkel und die Angst besiegen, wenn es erst mächtig wurde in ihm.

Immer schneller ging der Junge.

Die ersten dunklen Flecken tanzten bald flackernd in der Hitze über dem Asphalt. Es waren die Dächer der Stadt. Schon konnte der Junge das Haus des indianischen Kaufmanns erkennen.

Die Bewegung davor nahm er erst wahr, als aus dem Innern Lärm bis hinaus drang. Glitzernd zerbrachen die Fensterscheiben in der Sonne.

Der Junge zitterte plötzlich. Und sah nach seiner Mutter neben sich. Ihr besorgter Blick streifte ihn. Dann blieb sie ängstlich stehen.

Halbstarke hatten den Indianer in den Staub geworfen. Traten nach ihm. Ihre Gesichter waren verhüllt. Und sie bildeten einen Kreis um ihn, aus dem er nicht entrinnen konnte. Ein Kreuz hatten sie aufgestellt vor dem Laden. Es brannte lichterloh.

Die Flamme war kaum auszumachen im gleißenden Sonnenlicht. Doch ihr Brandgeruch drang bis in die letzte Faser des Jungen hinein. Sie weckte die alten Schatten.

Die Angst kämpfte. Mit der aufsteigenden Wut. Er fühlte, wie seine Augen dunkler wurden. Doch er ließ es zu diesmal. Er löste sich von der Hand, die nicht genug Kraft hatte, ihn zurückzuhalten. Und lief los.

Der Indianer lag verkrümmt am Boden. Das erkannte der Junge bereits im Lauf. Das Mädchen, seine Tochter, hockte bei ihm. Schützte seinen Kopf. Auch sie blutete. Aus einer Platzwunde im Gesicht.

Der Junge ließ seine Wut frei. Stand plötzlich in dem feindlichen Kreis. Ballte seine Faust. Kräftig trat er gegen das Kreuz, bis es fiel. Nur ein Schritt von ihm nach vorn trieb die Vermummten auseinander.

Keiner unternahm etwas gegen ihn. Sie wichen zurück. So furchterregend war er in seiner Wut.

Das Mädchen sah ihn an. Ganz langsam senkte sie ihre Arme.

Der Junge fühlte die Kraft des Adlers in sich lodern. Vaters Geschichten waren stark! Die Feder an seinem Hemd schlug auf und ab. Bei jeder Bewegung. Wie der Schlag der mächtigen Schwinge, der sie entstammte. Als ob sie noch immer den Flug eines stolzen Vogels lenkte! Tief atmete er durch.

Mutter trat mit in den Kreis. Sie half dem Mädchen auf. Und dem Mann. Und sie alle stellten sich hinter ihn.

Ihre Seelen schwankten noch, das spürte der Junge. Doch sie standen schon aufrecht. Das war gut. Sie gehörten zusammen.

Die Halbstarken trollten sich. Schnell. Mit Gegenwehr hatten sie nicht gerechnet. Heute nicht.

»Kommt!«, das Mädchen bat sie in den zerstörten Laden.

Der Junge zögerte.

›Bist du entschlossen?‹, stumm stellte er der Mutter diese eine Frage.

Sie nickte ihm zu.

Da wusste er, sie würde es schaffen. Erst jetzt nahm er die alte Klinke fest in die Hand. Und drückte die Tür auf.

Drinnen war es stickig. Vollkommene Dämmerung nach dem grellen Sommer, draußen.

Der Laden war zugestopft bis unter die Decke. Mit allem, was Menschen brauchten zum Leben. Vieles davon lag unbrauchbar geworden am Boden. Zertrampelt. Der Indianer nahm bedächtig auf, was noch nutzen würde.

»Danke!«, das Mädchen sprach leise.

Ängstlich hatte sie die Straße hinabgesehen, bevor sie die Tür hinter sich verschloss.

Sie deutete auf den Tresen. Ging voran. Der alte Ventilator dort quirlte ratternd die stickige Luft. Und ließ das schwarze lange Haar des Mädchens in seinem Luftstrom tanzen, als es Wasser anbot.

Ihre braunen Augen. Noch nie hatte der Junge in solche Augen hineingesehen. Nie zuvor hatte er bemerkt, wie besonders sie waren. Offen sahen sie ihn an. Mit einer Spur von Trotz. Der Blick war ehrlich. Verriet ihre Stärke. Und die Kraft, die das Mädchen besaß. Sie sah so lebendig aus, wie sie da stand!

»Danke, dass ihr uns geholfen habt!«, sie lächelte ihn an.

Und sah dann zu Mutter hinüber.

Die nestelte unsicher an ihrem Kleid. Es war lange her, dass jemand ihr gedankt hatte, wusste der Junge.

Der Kaufmann schob eine Flasche mit Schnaps über den Tisch.

Und das Mädchen verfolgte die Bewegung der Flasche. Aber es runzelte die Stirn. Doch sie wartete schweigend ab.

Mutter griff nicht nach der Flasche. Scheu sah sie sich um nach dem Jungen. Nahm seine Hand. Dann schluckte sie.

»Mädchen, hast du die Geschichten noch, die ich dir gab für den Schnaps?«, rau klang ihre Stimme.

Der Junge sah ihren beschämten Blick dabei. Den auf die Füße. Atmete gegen das Schweigen an danach.

Schnell löste er seine Feder vom Hemd. Legte sie auf den Tresen vor sich. Verstand das Mädchen ihn?

Nur langsam löste sich der erstaunte Blick des Mädchens von der Feder. Endlich sah sie nach ihrem Vater. Der hatte bis jetzt hinter ihr im Schatten hantiert. Sie nickte dabei. Dann holte sie eine Mappe unter dem Tresen hervor.

»Ich habe sie alle aufbewahrt!«, ihre braunen Augen glänzten traurig. »Sie sind so hell. Ganz anders als die Wirklichkeit. Wir lieben sie!«

Der Junge spürte ihr Bedauern.

»Ich wusste, dass sie mir nicht gehören!«, das Mädchen seufzte. »Sie wollten sie verbrennen!«

Sie deutete nach draußen.

»Doch sie haben keinen Verstand. Und du brauchst sie mehr als wir!«

Sie reichte dem Jungen die Mappe. Warf ihrem Vater wieder einen auffordernden Blick zu.

»Sie gehören dir!«

»Wir können euch vielleicht helfen!«, der Indianer trat zögernd aus dem Schatten.

Er nahm die angesengte Feder vom Tisch auf. Befühlte ihre Struktur. Behielt sie in der Hand. Wie ein Pendel.

»Alle, die die Dunkle Geschichte zu Ende hörten, sind tot. Ihr beide aber lebt. Denn jeden von euch traf nur ein Teil von ihr!«, die Feder zeigte plötzlich auf den Jungen. »Du trägst den Teil der Dunklen Geschichte in dir, der alles zu ordnen vermag. Aber er findet nichts zu ordnen!«

Erschrocken sah Mutter auf die Federspitze, die nun auf sie wies.

»Du aber hütest den grausamen Teil, der blind umher wütet in dir. Der den anderen sucht!«, der Indianer wippte mit der Feder. »Wenn ihr bereit seid, schreibt sie auf, die Dunkle Geschichte. Ein jeder seinen Teil. Gleich danach verbrennt sie. Vollständig. Wartet nicht damit!«

Der Indianer hielt plötzlich eine zweite Feder empor. Alte und zerzaust war sie. Nicht angesengt wie die des Jungen.

»Auch ich erzählte einst Geschichten. Doch das Dunkel in der Welt ließ mich verstummen. Es machte mir Angst!«

Erstaunt sah der Junge die beiden Federn an. Deutlich war ihre Zeichnung im Dämmerlicht zu erkennen. Das lebendige Spiel. Zwischen Dunkel und Hell. Eines umschlungen vom anderen. Jedes im anderen.

Beide Federn waren völlig gleich gezeichnet! Sie stammten vom selben Adler ab. Vom gleichen Sehnen!

Der Indianer träumte wie er! Vielleicht wusste er, wie das Dunkel zu besiegen war!

Stumm stellte der Junge seine Frage an den Indianer. Und voller Glanz ließen dessen Augen ihn bereitwillig eintreten. In eine unbekannte Welt.

›Er ist noch immer ein Geschichtenerzähler!‹, verstand der Junge.

Er tauchte bereits in der verwandten Seele. Spürte die Hoffnung des Mannes. Und frei wie der Adler durfte er reisen. Bis zum Anfang der Dinge. Als der Junge, der er wirklich war.

Hoch und dicht standen die Bäume in dem alten Wald. Tiere zogen unter den Wipfeln der grünen Riesen auf fast unsichtbaren Pfaden entlang. Und die Farben der Pflanzen rings waren reines Leben. Es war ein starker Wald. Gesund und kräftig. Wie nur die Unberührtheit ihn werden ließ in dieser Höhenlage. Ein grüner Blätterwald.

Der Indianerjunge stieg von dem Baum herab, den er als Ausguck genutzt hatte. Er wollte den Pfaden der Tiere folgen. Bis er das lichte Ende des Waldes erreicht hatte. Dort wollte er verschnaufen.

Helle Flächen breiteten sich nun vor ihm aus, als er endlich rastete. Geteilt nur von glitzernden Kanälen, die kostbares Wasser auf seinem Weg leiteten. Von der Sonne gebräunte Menschen öffneten den Boden. Legten Samen in die Erde.

Die Saat war so winzig klein! Doch bald würden sich kräftige grüne Halme emporrecken. Mit gelben Kolbenfrüchten. Und die Menschen sattmachen.

Der Junge spürte die unendliche Kraft der Natur. Und er dankte ihr stumm dafür.

Schnell lief er weiter. Bis zu der großen Stadt. Wie stolz sie über der Ebene glänzte!

In ihr mündeten die Kanäle mit dem glitzernden Wasser. Hier lebte der König. Hier schlug das Herz seines Volkes. Kräftig, wie sonst nirgends.

Noch nie vorher war der Junge in der Stadt gewesen. Doch seine Sehnsucht nach ihr hatte ihn schließlich zu ihr geführt.

Eine Pyramide aus hellem Stein ragte empor. Aus dem Wald der Häuser. Um eine ganze Baumlänge überragte sie den Blätterwald! Bestimmt!

Stufe um Stufe erklomm der Junge die Pyramide. Bis er ganz oben stand. Von dort oben sah er sich um.

An jeder Seite hatte die Pyramide Stufen. Sie wurden breiter nach unten, führten alle in die Stadt.

Die Stadt selbst mit ihren Häusern und Palästen war unvorstellbar groß. Bis in den Himmel schien sie zu reichen! Der Junge setzte sich und staunte.

Schmuck und Edelsteine glänzten zu ihm herauf. Und kostbar gewirkte Kleider. In lebendigen Farben lockten sie seinen Blick hinab. Zu den vielen Menschen, die sich formierten. Sie wollten die Stadt aus hellem Stein verlassen.

»Der Zug des Königs!«, freute sich der Junge.

Er war zur rechten Zeit gekommen! Herrlich klangen die Stimmen herauf zu ihm. Jetzt, wo die Menschen Lieder sangen.

Da huschte ein Schatten über die steinernen Stufen hinab.

Der Junge sah hinauf in den Himmel. Blinzelte. Und er fand, was er suchte.

Ein Adler kreiste in der Luft. Mit ausgebreiteten Schwingen bereiste er die unsichtbaren Wege dort oben. Sah herab.

Der Adler wusste wohl, dass die Menschen nicht jagten, wenn sie Lieder sangen. Ob er dem Gesang der Menschen lauschte, die sich Inka nannten?

Mächtig waren sie, die Geschichten der Inka. Unbeugsam die Helden und Götter darin. Der Junge kannte sie alle!

Wieder huschte der Schatten des Adlers über die Stufen der Pyramide. Aufwärts diesmal. Als fliehe er.

Verehrten die Menschen deshalb Götter, die so anders waren als sie? Die ihnen fremd wären als Mensch. Weil sie nicht einmal fliegen konnten wie der Adler dort oben!

Der Junge sah über die Stadt hinweg. Zu dem alten Blätterwald hinüber, der hinter den Ebenen aufragte. Dort, noch hinter den mächtigen Stämmen in der Hochebene lag der Ursprung der alten Legenden. Weit unten am Meer.

Furchtlos hatten die Helden der alten Lieder gefährliche Bergpässe überquert. Die alten Hochwälder durchstreift. Für Ruhm. Ehre. Und glänzende Macht.

Schließlich waren sie hinabgestiegen von den Bergen. Bis ans Meer.

Hier, am Ende ihrer Welt angekommen, hatten sie die Sterne befragt. Darüber, was ihnen beschieden sei.

Die Sterne aber hatten Feuer und bronzene Steine auf die Helden geschleudert. Sie fortgetrieben vom Ozean. Mit furchtbaren Donnerschlägen. Die Götter waren gegen die Menschen!

Die Helden waren vor der Wut der Götter geflohen. Was konnten sie anderes tun? Kein Mensch bestand gegen einen Gott!

Auf ihrer Flucht hatten die Helden die grausame Kunde verbreitet. Im ganzen Land. In jedem Bergdorf, in das sie gelangten, erzählten sie von den schrecklichen Sternengöttern.

Glänzend gerüstet kämen diese bald. Selbst hierher. Und führten bronzene Höllenschlunde mit sich. Lautes Feuer würden sie speien, schrecklichen Tod bringen. Alles Leben würde vergehen unter ihren Schlägen. Wie am Ufer des Ozeans. Menschenopfer als Letztes konnten sie noch besänftigen, vielleicht!

Wenn die Helden sich nach kurzer Rast aufmachten und unter dem dichten Blätterdach der Wälder wieder Schutz suchten vor den Blicken der Götter, sahen ihnen die voller Angst nach, die ihre Felder nicht zurücklassen konnten. Und nicht ihre Heimat. Doch die Fliehenden hatten ihnen einen Ausweg genannt.

Menschenopfer.

Viele Menschen waren gestorben seitdem. Die Angst in ihren brechenden Augen, wenn sie das Hell ihrer Seele verloren und ins Dunkel gestoßen wurden, war so unnütz, spürte der Junge. Er wusste nicht, warum diese Ahnung gerade ihn befiel. Doch er behielt sie für sich. Aus Unsicherheit.

Konnte falsch sein, sich zu opfern, damit die Übrigen lebten? Der Junge sah in den Himmel hinauf. Als erwarte er eine Antwort von dort.

Unwillig streckte der Adler seine Schwingen. Wollte er fort von hier? Gefielen ihm die düsteren Sagen der Inka nicht mehr?

Der Junge runzelte die Stirn. Der Glanz der Stadt im Sonnenlicht schien ihm plötzlich nicht mehr hell. Er war eher von einem klebrigen Dunkel erfüllt.

Denn das Dunkel war nicht vergangen mit den Opfern. Es war in den Herzen derer zurückgeblieben, die noch lebten. Und mächtig geworden. Dunkel rasten die Helden der Geschichten seitdem in ihrem Zorn. Gieriger tranken sie nun das Blut der Verlierer. Ihre dunkle Macht hatte sich schnell ausgebreitet im Land. Jeder fürchtete sie heute! Vor jeder Dunklen Geschichte!

Der Bauer in seinem Dorf sah hinter sich nach seinem Schatten, ehe er die Sense nahm. Der Krieger in der Schlacht kämpfte ohne Ehre. Selbst der König fürchtete so sehr um sein Leben, dass die einst weit offenen Palasttore fest verschlossen wurden, ehe es dunkelte.

Allen im Land der Inka blieb nur, sich den Göttern zu unterwerfen.

Der Junge sah den festlichen Zug auf der Ebene vor der Stadt halten. Der Adler kreiste über dem Geschehen, auf der unsichtbaren Strömung treibend. In flirrender Hitze.

Und der Junge schärfte seinen Blick. Denn er hörte den Schrei.

»Die Götter sind hier!«

Das Herz des Jungen pochte. Die Nachricht war wie ein Schlag, der ihn taumeln ließ. All die Angst und die Furcht der Menschen in der Ebene entlud sich. Bis zu ihm herauf. Sie zerriss die schwache Hoffnung auf gute Wendung.

Stählern glänzten die Götter in der Sonne. Ganz so, wie die alten Sagen es prophezeit hatten. Mächtig standen sie plötzlich da. Auf ihren langen Beinen. Gepanzert. Bis über die Augen der beiden Köpfe.

Götter mit vier Beinen!

Ihre metallenen Hufe zerstampften den Staub der Straße. Niemand entkam aus ihrem tödlichen Ring. Ihre Münder weit über den Menschen brüllten laut und lachten, die Köpfe vorn wieherten. Und bissen. Schreckliche Götter!

Der König der Inka flehte um Gnade für sein Volk. Er bot Gold. Edelsteine. Ja, sich selbst. Die Götter aus Stahl nahmen alles. Auch ihn.

Ihre Höllenschlünde tobten trotzdem, danach. Tausend standen wehrlos im Staub vor diesen Göttern. Hatten keine Hoffnung mehr, als sie fielen. Sie standen längst nicht mehr, als der bronzene Tod verstummte. Die alten Lieder hatten in allem Recht behalten!

Seine Kehle war zugeschnürt. Es war das Erste, was der Junge wieder spürte. Unfähig sich zu bewegen, sah er zu, wie die stählernen Götter die Leichen fledderten. Wie sie die Toten entehrten.

Der Junge wimmerte. Schrie. Doch sie hörten nicht auf. Bis sie fertig waren.

Er kletterte die Stufen der Pyramide herab, als er seine Beine wieder spürte. Stolperte durch die leblosen Gassen der Stadt. Auf die Ebene hinaus. Atemlos. Aber er erreichte sein Volk.

Die Götter waren längst weiter gezogen. Bepackt mit Gold. Und Tod.

Der Junge ballte seine Faust. Nahm ein Schwert auf. Er würde ihrer Spur folgen!

Neben dem König hockte er sich hin. Lindernd legte er seine Hände auf die zerschmetterte Brust des Sterbenden. Wärme.

Die Fragen waren zu groß für die blauen Augen des Jungen. So konnte er nur weinen. Sein Blick wanderte dabei zärtlich über den blutigen Federschmuck. Nichts wollte er vergessen!

Eine einzelne Feder, die älteste, nahm der Junge behutsam auf. Er befreite sie vom Schmutz des Todes. Wollte sie dem König reichen. Für die Reise zur nächsten Welt. So war es Brauch bei den Inka.

Doch der König schob sie zurück zu ihm.

»Beschütze die Welt vor dem Dunkel!«, stöhnte er. »Die Feder wird dein Zeichen sein!«

Der König sagte danach nichts mehr. Sah nur suchend hinauf in den Himmel über der Ebene.

Aber plötzlich lächelte er.

Der Junge folgte seiner Freude. Bis hoch hinauf in das Blau. Auch er sah den Adler kreisen. Der Junge rüttelte den König. Wies hinauf zu dem Tier, das immer tiefer kam. Schwach nickte der König.

»Ich weiß!«, noch immer lächelte er.

Der Adler landete nahe bei den beiden. Sah herüber.

Der Junge staunte.

Jetzt, da es so dicht vor ihm saß, erkannte er erst die ganze Schönheit des kräftigen Tieres! Er verglich die Zeichnung der alten Feder in seiner Hand mit der des Tiers vor ihm.

Sie waren gleich! Vor langer Zeit schon musste der Adler sie dem König geschenkt haben. Nun war die Feder an ihn gegangen. Einen Jungen.

Er würde sie sichtbar tragen! Sein Herz hatte sie bereits verwahrt. Stolz nickte der Junge zu dem wartenden Tier hinüber. Die Feder würde sein Zeichen sein!

Da erst hüpfte der Adler an den sterbenden König heran. Ohne Argwohn gegen den Jungen. Als ob er auf dessen Einverständnis gewartet hatte.

Gierig schnappte er nach all dem Hell, das aus dem König wich. Auch er wollte etwas bewahren, was sonst verloren wäre!

Der Junge sah reglos zu. Spürte Traurigkeit aufsteigen. Denn er wusste, dass er dem König diesen Dienst nicht erweisen konnte.

Plötzlich war der Kopf des Adlers nur eine Handbreit vor seinen blauen Augen.

›Noch nicht!‹, schien das Tier dem Jungen zu sagen.

Lange blieben der Adler und der Junge danach beieinander sitzen. Niemand lebte mehr, ihre Ruhe zu stören. Und die der Ebene, die ihre Heimat war bis heute. Nichts unterbrach das stumme Zwiegespräch der beiden.

Erst, als es Abend wurde, stieg der Adler auf. Und flog nach Norden. Immer kleiner wurde seine Silhouette am Himmel. Er kreiste nicht mehr über der Ebene. Er verließ seine Heimat!

Der Junge konnte es ihm nicht verdenken. Auch ihn hielt hier nichts mehr.

Ein letzter schriller Schrei erklang. Hoch oben. Unendlich weit fort. Aber er warf sich mit aller Macht gegen die Berghänge.

Da nahm der Junge sein Bündel auf. Würden sie sich wiedersehen, er, der Junge, und der Adler des Königs? Die blauen Augen des Jungen glänzten, als er dem Adler zum Abschied winkte.

»Wir begleiten euch!«, das Mädchen sah sich nach ihrem Vater um.

Der hatte die Geschichten in ein Gewand gewickelt. Sah sich ein letztes Mal in dem Laden um.

»Kommt!«, er wies auf die Tür. »Es geschieht heute Nacht!«

Stunde um Stunde verrann. Der Weg war schwer.

Denn Seite um Seite musste gefüllt werden. Mit der Dunklen Geschichte.

Der Indianer sang die alten Lieder seines Volkes. Leise. Doch er hörte niemals auf.

Er flüsterte auch mit unsichtbaren Geistern. Und sah unruhig durch die Fenster hinaus. Zu dem erstarkenden Dunkel am Horizont.

Mit jedem beschriebenen Blatt fiel das ab von dem Jungen, was ihn an den Boden gedrückt hatte in der Vergangenheit. Auch Mutter atmete freier. Tiefer.

Der Junge lächelte.

Der würgende Ring aus Angst und Leid löste sich auf.

Plötzlich hörte der Indianer auf zu singen.

Das Mädchen schreckte zusammen. So still war es auf einmal in der Stube.

Mutter schluckte und starrte an die Wand. Und der Junge sah zu dem Indianer hinüber und nickte.

Sie waren beide fertig.

Die Dunkle Geschichte war auf dem Pergament gefangen. Wieder.

Dunkel schimmerte die Tinte. Wellte das Papier, bis sie ganz getrocknet war. Jeder einzelne Buchstabe war eine Fessel. Jetzt musste sie vernichtet werden, die Dunkle Geschichte.

Sein Teil der Geschichte lag nun neben dem der Mutter. Neugierig sah der Junge dorthin.

»Du darfst die Dunkle Geschichte nicht lesen. Jeder sieht das Dunkel anders!«, der Indianer legte schnell ein leeres Blatt auf den Stapel. »Wenn du sie liest, wechselt sie zu dir. Dann war alles vergebens!«

Ein einziges Blatt Papier begrub so Mutters ganzes Leid! Für immer, hoffte der Junge.

»Müssen wir sie jetzt zusammenfügen?«, Mutter klang besorgt.

»Das ist leicht!«, das Mädchen legte beide Stapel übereinander.

Nicht einen Blick wagte sie dabei auf die Zeichen. Erwartungsvoll blickte sie den Vater an.

»Ihr müsst sie einsperren, die Dunkle Geschichte. Damit sie nicht fortkann!«, suchend sah der Indianer sich um.

In Gedanken sah der Junge wieder seinen Vater am Feuer liegen. Mit kraftlosen Händen hatte der das Pergament den Flammen zu übergeben. Und doch war es ihnen entwischt. Es musste einen anderen Weg geben für ihr Ende!

Der Junge sprang die Treppe hinauf.

Mit der Schatulle in der Hand kehrte er zurück. Die Zeitung, die seine Schuld verbreitete, hatte lange genug allein darin gelegen.

All das Leid, das die Dunkle Geschichte über sie gebracht hatte, all die gestohlene Zeit, mit der sie seine

Familie gefesselt hatte an diesen Platz, passte nun in eine Schachtel hinein. War nun selbst darin gefangen.

Entschlossen legte der Junge die beschriebenen Blätter hinein.

Sorgfältig verriegelte der Junge den Deckel und stellte die Schatulle auf dem Tisch ab. Danach wartete er.

Einen bangen Atemzug danach hörte der Junge ein Geräusch aus dem Innern der Schatulle.

Die Dunkle Geschichte jammerte tatsächlich in ihrem Gefängnis! Sie wimmerte! Hatte sie begriffen, dass es aus war?

Der Junge lächelte. Er wusste, was er tun musste!

Stumm bat er Mutter, ihm zu folgen.

Gemeinsam trugen sie die Schnapsflaschen zusammen. Stellten sie rund um die Schatulle auf. Eine, die letzte, behielt der Junge in der Hand.

Aus dem Kamin griff er einen starken Ast, der kräftig brannte wie eine Fackel. Dann gingen sie alle nach draußen.

Der Morgen regte sich bereits wieder über der Ebene.

Der Junge warf die Fackel durch das Fenster. Drinnen polterte sie. Und fiel. Und warf ihre Glut umher.

Schnell breitete sich das Feuer aus in dem trockenen Haus.

Flüchtig berührte da der Junge den Arm seiner Mutter. Sie nickte entschlossen und griff nach der letzten Flasche, die er ihr hinhielt. Weit fort warf sie den

Schnaps aus ihrem Leben. Mit aller Kraft, die sie noch hatte.

Klirrend zerbrach der Fluch im Feuer. Feuerte die Hitze an. Und zerriss fauchend die aufgereihten Flaschen.

Lodernd brachen die Flammen aus allen Fenstern. Und suchten im Wind nach Nahrung. Neuem Leben. Ihr heißes Rot mischte sich mit dem der aufgehenden Sonne.

Schreie drangen aus dem Feuer. Sie drohten dem Jungen. Laut.

›Es hilft dir nichts!‹, dachte er grimmig.

Sie musste seine Stärke fürchten, die Dunkle Geschichte! Denn sie bettelte von da an. Trachtete, ihn zu umgarnen. Sie flehte um ihr Leben, bot ihm Macht. Einfluss.

»Alles kannst du erreichen! Wenn du nur zu mir hältst!«, wisperte sie.

Der Junge ballte seine Faust.

›Du hast keine Macht mehr! Stirb endlich!‹

Er wartete. Das hatte er gelernt. Eine lange Zeit.

Leiser wurden die Bitten der Dunklen Geschichte. Kläglich. Zuletzt drang ein flüchtiges Wimmern bis zu dem Jungen.

Dann war es still im Feuer.

Der Junge atmete auf.

Die Dunkle Geschichte war einen langsamen Tod gestorben. Es war die Art Qual, die sie selbst Vater auferlegt hatte! Sie war verbrannt. Mit allem, was der Junge Leid nannte. Versonnen sah er in die Flammen.

Da sah er, wie sich ein Schatten im aufsteigenden Rauch formte. Immer deutlicher wurde seine Kontur. Der Junge starrte in das helle Blau, das die dunkle Form trug. War es denn nie vorbei?!

Die Kontur bewegte sich. Mächtige Schwingen breiteten sich. Und ein Adler flog hoch empor. Bis in den Himmel.

Erleichtert atmete der Junge auf.

Ein schriller Schrei fegte über die weite Ebene.

»Beschütze die Welt vor dem Dunkel. Diese eine Dunkelheit hast du besiegt. Doch es gibt sie noch in den Herzen vieler Menschen. Hilf ihnen!«

Eine Adlerfeder tanzte herab. Sie schwebte hinab. Bis auf die Stadt der Inka herab. Kinderlachen drang bis zu ihr hinauf, als sie lautlos die oberste Stufe der Pyramide berührte.

Schon trug der Wind sie wieder fort von ihrer kurzen Rast. Geleitete sie über die glitzernden Kanäle hinweg, die rings das Land mit kostbarem Wasser belebten. Die Stadt versorgten. Wie damals, vor langer Zeit.

Auf ihrer Route mit dem Wind überflog sie die fruchtbare Ebene, auf der der gelbe Mais wuchs. Der alte Wald stützte fern den Horizont. Es schien, als drehe sich die Zeit zurück.

Auf den Wegen hinein in die Stadt blieben die Menschen stehen, wenn sie über ihnen tanzte. Tauschten ein Lächeln. Und während sie beieinanderstanden, sahen sie den Jungen, der an ihnen vorüber in die Stadt ritt.

Er hatte blaue Augen. Und er trug das alte Kleid der Inka.

Voller Hoffnung blickten die Menschen ihm entgegen. Sie hatten von ihm gehört.

Er erzählte Geschichten. Wie sein Vater schon. Es hieß, sie seien hell wie der Sommerhimmel. Und vertrieben das Dunkel aus den Herzen der Menschen. Der

Junge konnte bestimmt die klebrige Dunkelheit aus der Stadt vertreiben. Wie stolz er die Feder ihres Königs trug!

So hoch hinauf trug der Wind die Feder schließlich, bis sie eins war mit dem Himmel für die Augen der Menschen. Und sie wollten glauben, dass die Feder sich so hoch oben auflöste. In den Farben des Glücks.

Gebannt sah der Junge in den Himmel. Um so vieles heller schien er als all die dunklen Jahre vorher. Seine Angst war fort. Sie war einer Ruhe gewichen, die er vorher nicht in sich kannte. Voller Zuversicht sah er sich um.

Sicher würde er bald aus diesem Traum erwachen. Und es würde Nacht sein ringsum. Und Leid.

Doch er war stark geworden.

Diesen hellen Wunsch würde er mit in die Wirklichkeit nehmen. Und das Dunkel damit erhellen. Er würde den Menschen helfen!

Er hörte seine Mutter schluchzen neben sich. Sie hielt die Hände vor der Brust verschränkt. Doch sie weinte nicht. Sie lachte!

Sie musste den gleichen Traum gehabt haben! Das Stumpfe in ihren Augen zerfaserte bereits. Wich dem klaren Blick, den sie gehabt hatte. Damals, als sie glücklich waren. Vor der gestohlenen Zeit.

Mutter nahm ihn in ihre Arme. Hielt ihn ganz fest.

»War alles nur ein schöner Traum, eben?«, sie war so unsicher wie er, als sie sich wieder von ihm löste.

Das Mädchen kam auf ihn zu.

Rings um sie flimmerte die Sommerluft der Ebene. Ihre braunen Augen glänzten. Das Gewand, das sie ihm entgegenhielt, war kunstvoll verziert. Es war das Gewand eines Inka!

Der Junge schluckte, als er das Gewand an sich nahm. Stolz knotete das Mädchen die angesengte Adlerfeder in sein Haar.

Er runzelte die Stirn. So strengte er sich an. Seine Lippen öffneten und schlossen sich mehrfach, bevor etwas geschah.

»Ich kann etwas tun für die Welt. Dazu muss ich fort!«, mehr sagte er nicht mit seiner rauen Stimme.

Das Mädchen nickte. Sie wies hinüber zu vier Pferden, die warteten. Mutter saß bereits im Sattel. Und sah zum fernen Horizont.

Der Indianer folgte ihrem Blick. Die zerzauste Adlerfeder wippte in seinem Haar, als er aufsaß. Dann sah er zu ihnen herüber. Zu dem Jungen. Und zu dem Mädchen. Seine Augen glänzten, als er nickte.

Ganz nah kamen die Lippen des Mädchens an das Ohr des Jungen.

»Wir gehören zusammen!«, flüsterte sie.

Tausend Träume fielen dem Jungen ein, die er erlebt hatte. Vor dem Brand. Damals. Als sein Vater Geschichten erzählte.

Er ergriff die Hand des Mädchens. Ganz fest.

Unzählige wollte er noch träumen in den Jahren, die ihm blieben. Er wollte sie alle aufschreiben. Und erzählen. Mit ihnen würde er das Dunkel besiegen. Stück für Stück. So machtvoll, wie der helle Sommermorgen die schwarze Nacht bezwang! Endgültig!

FSC
www.fsc.org

MIX

Papier | Fördert
gute Waldnutzung

FSC® C083411

Zeitfracht Medien GmbH
Ferdinand-Jühlke-Straße 7
99095 Erfurt, Deutschland
produktsicherheit@kolibri360.de